TILL DIG SOM LÄSER

Under många år har jag burit en berättelse tätt intill mitt hjärta. Den låg trygg där och det var inte förrän jag av en slump träffade en kvinna i min egen ålder, och insåg att hon drabbats av en obotlig sjukdom, som jag tog mod till mig och skrev ner den. Hennes öde påminde mig om livets förgänglighet och mötet blev den tändande gnistan.

Med min berättelse vill jag låta minnet av Gustav leva vidare. Gustav, min son, som föddes med en CP-skada och som på grund av den avled tretton år senare. Jag har velat skriva ner mina minnen av honom för hans bröders skull. I en framtid kanske de kommer att fundera över sin bror och jag hoppas då att min text kan ge, om inte svar, i alla fall, stöd för minnet.

Om andra föräldrar till barn med handikapp känner igen sig i min berättelse blir jag glad. Ni vet redan att det är en speciell gåva ni fått och samtidigt har livet gett er en utmaning som säkert många gånger känns svår att hantera. Vi lever tack och lov i ett samhälle där mycket stöd och hjälp finns att få.

Jag har också skrivit med tanke på alla er som hjälper och stöttar våra barn och ungdomar; personliga assistenter, förskolepersonal och lärare med flera. Många är de som under Gustavs liv bidrog till att göra hans tillvaro enklare, bättre och mer begriplig. Jag lyfter fram några av dem i min text. Jag fick för en tid

sedan frågan: "Krävs det en rejäl funktionsned-
sättning för att vi ska kunna njuta av det som är
verkligt viktigt och skönt?" Mitt svar skulle nog vara
att livet med Gustav många gånger var ovisst, oroligt
och svårt. Allt som var dess motsats blev så mycket
mer njutbart. En rullstolsdans i köket, en promenad
utefter ån, då kastanjens gula löv singlade ner över
oss båda eller en stund på skötbordet, där det bara
var han och jag i total närvaro. Alla de stunderna lyser
starka i mitt minne.

© 2014 Annica Sörén
Förlag och tryck: BoD
ISBN: 978-91-7463-451-8

Till mina barn Gustav,

Oskar och Jonatan

PROLOG

Jag ser honom genast när jag kliver in på tågstationen. Det är något som skrämmer men samtidigt lockar. Han är äldre än jag, halvlångt hår, en aning ovårdad. Jag försöker vända bort blicken, men han har hunnit uppfatta den och vinkar mig till sig. I den för övrigt fullsatta vänthallen finns en plats ledig. Den bredvid honom. Benen bär mig dit. Det är trångt och svårt att inte komma för nära. Vad vill du mig? tänker jag. Han börjar prata och jag dras ofrivilligt med. Snabbt lockar han mig ner på djupet. Det är som att han vill vända ut och in på mig för att komma åt och se varje liten vrå. Men jag är inte längre rädd. Hans röst är djup och varm och han utstrålar liv och närvaro. "Hur tänker du dig din framtid? Finns det plats för barn?" undrar han. Jag svarar att jag inte tror att jag kommer att kunna få egna barn. En mångårig sjukdom kan sätta stopp för det. Men jag har tänkt på adoption. Och så läser jag till förskollärare, för säkerhets skull. Samtalet fortsätter och tar nya vägar, jag minns inte längre vad vi pratade om. Så småningom blir det dags att gå till tåget. Jag tackar honom för sällskapet och det är med ett sällsamt välbehag som jag lämnar honom kvar på sin bänk.

VI VÄNTAR TILLÖKNING

Fullmånen är tung och hänger lågt över hustaken. Världen badar i ett säreget ljus där vi färdas hemåt i vår bil. Hemma väntar vår lilla Oskar tillsammans med min mamma.

Tysta, sida vid sida, sitter vi och jag håller hårt i två ultraljudsbilder. Jag har satt filmen i mitt huvud på repeat. Hur vi blir insläppta i rummet, jag blir anvisad en pappersbeklädd brits och liggande där får jag dra upp tröjan och knäppa upp gylfen i jeansen. Sköterskan trycker med van hand ut kall gelé ur en tub över min mage och för därefter sökande sitt instrument över mitt vita maglandskap. Apparaten intill indikerar plötsligt träff. "Ja, här har vi något!" Andäktigt väntar vi, medan hon fortsätter föra instrumentet fram och tillbaka över magen, " Här har vi en till!" utbrister hon så. Jag hör min man flämta till och frågande utropa: "Va, är det två?" "Vänta", manar kvinnan, "vi ska se efter så att det inte är ytterligare en." och fortsätter lugnt. Efter en stund konstaterar hon att det får räcka med två. Tankarna rusar genom mitt huvud. Två. Dubbel lycka. Smakar försiktigt på ordet - tvillingar. Vi ska få. Tvillingar.

LUFTSLOTT

Jag bygger ett luftslott där min lilla familj får bo. Ena stunden ståtar det med tinnar och torn, eller så är det ett litet torp i skogen, eller en röd stuga intill en klöveräng. Oavsett utseende så är mitt luftslott en trygg plats om natten. Och om dagarna leker ni här tillsammans, mina tre barn. Så ser drömmen ut och så kommer det att bli. Det är jag säker på.

HAVANDESKAPSFÖRGIFTNING

Vatten. Vatten lagras inuti mig. I femte månaden rispar en kattklo min hud och förskräckt och samtidigt förundrad ser jag en mörk fläck bildas på mina hemsydda mammabyxor. Fläcken vidgar sig och täcker snart hela mitt lår. Blod? Nej, bara vatten. Jag har förvandlats. Långt där ute till havs ligger jag mest still och väntar. Krill simmar förbi i stora stim och långsamt öppnar jag mitt gap som den val jag är. Fötterna hålls högt så fort tillfälle ges. Ingen skillnad. Ibland tar jag mig in till land, där jag och min lilla unge, Oskar, tillbringar dagarna i skärgården, tillsammans med farbror Melker och hans vänner.

I februari blir jag inlagd på sjukhus. Där, ännu mer vila. Och försiktig träning i varmvattenbassäng. Efter några dagar förflyttas jag med ambulans till en större stad och ett större sjukhus. Man vill ha koll på kisset, och jag samlar upp den gula vätskan i muggar som ställs innanför en liten lucka. Så. En morgon. En inre klang. Delfiners sång? Jag vänder mitt öra inåt och lyssnar. Det har blivit dags. Tiden stämmer inte men jag har min egen tideräkning. Konturlösa ansikten, gröna rockar, samlas omkring mig. "Ring din man", uppmanar någon. Klangen har förändrats, tilltagit i volym och styrka. Mullrande pukor och råmande valthorn. En kraft jag inte kan påverka. Ute till havs är en storm i antågande och jag ber om flytväst. Lustgas. Svart gummi över näsa och mun. Suger i mig gasen.

Stormen tilltar, jag kastas omkring på det öppna vattnet och kämpar för att hålla näsan över vattenytan. Mer lustgas. Kommer jag att drunkna? Hur långt är det till stranden? "Håll ut, nu är det nära!" ropar någon. En kaskad av vatten föregår den lilla varelsen som fångas in av starka händer och bärs bort. "Lite till!" ropar någon annan. Mer vatten och ännu ett liv spolas ut ur mig. Också det tas emot och bärs bort. Stormen har bedarrat och jag ligger trött kvar.

FÖRSTA MÖTET

En skymt av mörka fuktiga lockar tätt intill en liten skalle. Du ligger innanför glas, som en museal dyrgrip. Inte röra, bara titta. Så overkligt liten. Bredvid, ännu en glaslåda. I den, ytterligare en liten dyrgrip. Huden, inte lika mörk. Jag får inte röra, bara titta.

KOMPLIKATIONER

Tvillingtransfusion. Du har fått för mycket blod, din lillebror för lite. Ni är båda prematura. Du är lungomogen. En respirator förankras vid din kropp och håller dig vid liv. Andningen blir stadig och stabil. Litet kycklingbröst som hävs och sjunker i en lugn och konstgjord takt. Efter några dagar plockas tuben ut och du lämnas att försöka andas själv. Tungt och svårt. Kroppen kämpar, bröstkorgen häver sig, du kippar efter luft. "Försök, försök!" Men, nej. Tuben sätts på plats igen och jag andas ut. Så upprepas proceduren med några dagars intervaller. En, två, tre, fyra, fem, sex, sju gånger. Till slut. Du andas för egen maskin.

Prematuravdelningen

En grå snurrfåtölj i skinnimitation är den fysiska
förankringen i min tillvaro. Som de identiska länkarna
i en silverkedja ligger dagarna på rad efter varandra
och bildar långa veckor. Från min plats har jag utsikt
över kuvöser, satrationsmätare, syrgasgrimmor,
blodtrycksmätare och all den utrustning som måste
finnas på en prematuravdelning. Snabbt har jag lärt
mig tyda de vita rockarnas inhemska språk. Vad deras
kroppar säger är livsviktig information. Jag väger och
jämför mina barns hälsotillstånd mot andras.
Olycksbådande är rynkade ögonbryn, hummanden,
viskande röster. Uppsnappar jag ordet "Uppsala"
innebär det akut tillstånd/nästan döende. "Uppsala"
uttalas aldrig omkring mina barn. Så jag känner mig
lugn.

JAG FÅR HÅLLA DIG

Din lilla kropp på mitt bröst. Sladdar och slangar, jag är rädd att trassla till dem och skada dig. Varsamma händer lägger till rätta. Och så filt över, för att behålla värmen. Hur länge har jag längtat efter just detta ögonblick? Jag vet inte längre, tiden har flutit ihop till en sammanhållen enhet utan tydliga gränser. Liv. Du är vid liv och jag får hålla. Känner du mitt hjärtas slag? Kan du känna hur varje cell i min kropp liksom ställer sig i vakt, redo att lämna över styrka, energi och kraft till din lilla kropp?

I tanken bär jag dig över ängarna. När vi kommit fram till klöver och timotej låter jag dig springa på barfotafötter. Marken är varm och du skrattar åt solen. Käraste barn, låt mig bära dig, vila i mina starka andetag och lev av mig!

EN FÖRSTA PROGNOS

"Hos prematura barn kan små blodkärl i hjärnan brista. Det är inte alls ovanligt hos de här små barnen. De sista röntgenbilderna vi tog har kommit nu och vi har jämfört dem med den första röntgen som gjordes. Där ser vi att de mörka partierna har blivit större." Den unge läkaren har nedslitna träskor i ljusbrunt skinn. När han inte sitter, som nu, far han fram på snabba fötter med den vita rocken fladdrande omkring sig. Han inger förtroende och effektivitet. Men just nu talar han ett egendomligt språk. Jag uppfattar mellanrummen men inte de betydelsebärande orden. Han hejdar sig när han läser bristen på förståelse i mitt ansikte och tillägger "Ja, han kan få lite problem med motoriken." Kan få lite. "Ja, men då så", säger min hjärna, "då är det ju ingen fara."

ÄNTLIGEN HEMMA

"När kan man börja vänja dem av med nattmålet?"
Min man, Lasse, ser uppfordrande på mig. En vecka
hemma och han (och jag) är redan utschasad.
Storebror på knappt två är min enda referens och jag
svarar "ja, det kanske kan ta omkring ett år." Maken
stönar till svar. Vi är inne i den av föräldrar så
välbekanta karusellen av matande, rapande, kräkande,
blöjbytande, tröstande, tvättande, nattande och så
mer matande. Eftersom jag ammade vårt första barn
var nätterna ganska ostörda för en av oss. Situationen
nu är ny, både för honom och mig. Evighetslånga var
de veckor då jag och vi längtade efter att få bli
utsläppta och hemskickade. Men nu fantiserar jag om
returavdelningar på landstinget. För föräldrar som
ångrat sig. Som känner ansvaret vila så tungt att de är
rädda att krossas under bördan. Men plötsligt ges
andrum: två sover middag och en ser på film, eller en
sover och de andra är nöjda en stund med att var för
sig läsa bok och ligga i famn. Tar djupa andetag, vilar i
stunden, hämtar kraft.

Ett främmande språk

Efter mörkrets inbrott börjar en hopplös kamp för att trösta dig och få dig att äta. Du talar ett annat språk än dina bröder, ett språk som jag inte förstår. Jag försöker ändå med de vanligaste fraserna. Är du hungrig? Nej, du spänner dig och vill inte ta vällingnappen. Behöver du rapa? Du får hänga över axeln och jag klappar jämt och rytmiskt din blöjstjärt. Inget händer. Hur ser det ut i blöjan? På skötbordet kan jag bara konstatera att den är torr och fin. Är du hungrig i alla fall? En titt på klockan talar om för mig att du borde vara utsvulten. Men det går inte. Spänd och ledsen liten kropp. Vad gör jag för fel? Nätterna ser alla likadana ut och jag kan inte skönja någon ljusning. Kontaktar till slut barnavdelningen med frågan om allergi mot välling. De välkomnar oss. Här finns famnar som gärna håller dig. Jag får andas. En hel vecka. Ingen allergi upptäcks men en liten tröst får vi med oss hem: efter semestern kallar habiliteringen oss. Tack! Tack. Det måste innebära nya famnar, tänker jag.

HABILITERINGEN

Vid ingången står en blå häst i naturlig storlek.
Semestern är slut och vi är äntligen på habiliteringen.
Det är fortfarande svårt intill omöjlighetens rand att
mata dig och här ska vi få hjälp. Yrkesbeteckningarna
logoped och specialpedagog säger mig inget men två
kvinnor med dessa titlar är närvarande när det blir
dags att mata dig. De går ambitiöst till väga och
intensivstuderar dig när jag uppgivet försöker att få i
dig välling. Varje måltid likadant. Instruktioner om hur
jag ska hålla dig, hålla vällingflaskan och hålla armen
kommer så småningom. Vi är lera i deras händer. Hur
skulpturen ska bli som färdig är än så länge höljt i
dunkel. Men de är skickliga konstnärer och jag litar på
dem. På den här fantastiska platsen finns också, som
jag förutspådde, fler famnar. Fantiserar om att få leva
i ett kollektiv. Ett samhälle bestående av kvinnor och
barn. Livet skulle vara lätt, med fler famnar.

EN ANDRA PROGNOS

Veckan är till ända och vi ska återvända hem. Endast ett möte med habiliteringsläkaren återstår. En formalitet, tänker jag, innan jag sätter mig till rätta i en av stolarna. Maken bredvid, i en likadan stol. Läkaren tar harklande till orda. Men han hittar snabbt rätt ton och låter sedan orden flöda. Det är en vårflod som knäcker allt i sin väg. CP-skada, spasticitet, förståndshandikapp, sondmatning, epilepsi, höftkulor som kan glida ur sina fästen. Vattnet sköljer över oss där vi försöker hålla oss kvar i våra små livbåtar. Men floden är obeveklig och vi kastas rätt ut i det kalla. Under tystnad tar vi oss så småningom hem. I köket rasar vi in i varandra och brister i gråt.

DRÖMBARN

Du har vaknat ur din förmiddagsslummer och för
varje trappsteg som leder upp till ditt rum blir mina
steg lättare. För det är du, och inte någon annan, som
ligger där. Det är du och den du hela tiden har varit.
Jag vinkar farväl av det drömbarn som under drygt ett
år levt i mitt luftslott och tar dig, mitt riktiga barn, i
min famn.

Sondmatning

Jag sticker med stadig hand in den tunna och mjuka sondslangen i din vänstra näsborre. Fortsätter att snabbt mata på till markeringen för att du inte ska hinna kväljas. River av ett lackmuspapper för att kontrollera att den hamnat i magsäcken och inte någon annanstans. Vätska backar upp i slangen och jag för lite över pappret som direkt skiftar i blått. "Vad duktig du är", berömmer jag medan jag fäster sonden med hudtejp. En intill näsroten och den andra över kinden. Äntligen har vi hittat ett alternativ till vällingflaskan. Värmer välling i mikron, öppnar en steril förpackning med en 20-millilitersspruta och så kan jag mata dig. Långsamt, långsamt. Är jag för snabb så kommer vällingen upp igen. Oroande är att du har börjat kräkas lite mer och lite oftare på sistone.

ENSAM

Den röda plastmattan från Hjälpmedelscentralen ligger intill väggen bakom vårt köksbord. Där, på det lilla utrymmet som uppstått mellan bord och vägg ligger du på rygg med ett babygym i klara färger stående över magen. Alldeles bredvid kryper lillebror nöjt omkring och utforskar med munnen de leksaker som kommer i hans väg. Storebror har också hittat en flik av mattan och sitter med boken om Lillasyster Kanin uppslagen i sitt knä. Matpumpen är igång och sitter väl förankrad på en stålställning invid mattan. Den förser dig numera med mat. Sondsprutorna är bara ett minne och så även dagarna fyllda av kräks och frustration. Du går upp i vikt och mår bättre än du gjort på länge.

Och här sitter jag. Mitt bland leksaker, välling och barn. Ljudlösa tårar rinner ohejdat över mina kinder. Jag har ryckt till mig en kökshandduk och med den torkar jag ögonen gång på gång. Men tårarna vill inte ta slut idag. För mitt inre ser jag en liten fågel som aningslöst klivit in i en vackert utsirad bur och innan den hunnit uppfatta faran har haspen fallit ner. Jag är instängd.

Det är förtvivlans tårar som rinner. Ännu fler av skuld. Jag har ju längtat så efter barn. Men ensamheten blir vissa dagar så överväldigande. Maken går till jobbet och jag är kvar här för att mata, byta blöjor, söva, trösta och läsa sagor i en evighetsspiral.

NÄTTER

Jag är framme vid din säng redan på den första inandningen. Den inandning som föregår ett skrik. Hinner bryta det om jag får ihop din spända kropp. Vill inte att övriga familjen ska vakna. Hyssjar lugnande och hivar mig över grindgallret till din säng och placerar mig på sidan tätt intill. Skjuter in vänsterarmen under ditt huvud och tar ett stadigt tag om benen och lägger dem över mina egna. Jag har lyckats. När spasticiteten inte längre kan bruka våld på din kropp slappnar du av och nu andas du redan tungt. Jag ligger kvar så resten av natten, som ett levande hjälpmedel.

Sparar och sätter in kapital på ett osynligt konto. När den natten kommer, då jag behöver ta ut lite av det sparade, ska maken glatt stå beredd, redo att ta över. Tror jag. Gång på gång besvikelse. Jag vaknar och knuffar på honom. I stället för att på lätta steg tassa in till dig så klampar han. De andra vaknar, tänker jag förtvivlat. Hör honom fråga dig med hög och irriterad röst vad som är fel. Du gallskriker och jag skyndar till undsättning. "Schas, bort med dig. Låt mig." Trött lufsar han till sängs igen. Försöker få några timmars sömn för att orka jobba i morgon. Jag ligger återigen hos dig, men nu med tårar som bränner bakom ögonlocken.

GE SIG AV

I bil på väg någonstans. Ett tydligt mål i sikte och på bilradion sjunger Aretha Franklin sin *Freeway of Love*. Tankarna släpps fria och fantasin sätter fart. Tänk om jag bara skulle fortsätta? Fortsätta förbi målet och bara köra vidare. Vidare till ett nytt liv, en annan och kanske enklare tillvaro. Stockholm? Nej, för mycket människor. Kanske norrut? Hur långt kan det vara till Vilhelmina? Där är det nog inte svårt att hitta en billig bostad. Avskildhet, tystnad och vidsträckta naturområden. Där känner jag ingen och kan börja om på ruta ett. De plötsliga tankarna skrämmer mig och jag tvingar mig tillbaka till verkligheten. "Fokusera nu, det är till den givna platsen vi ska, ingen annanstans!" Men fantasin är bedräglig och fortsätter plantera tankar inuti mitt huvud. "Starta om!" lockar den. "Lämna allt bakom dig, fortsätt kör." Till försvar kliver förnuftet in och hotar med ilskna nävar. "Schas med dig, håll dig borta!"

Jag känner ett ansvar som är så tungt att bära. Tillvaron jag lever i är så långt ifrån lugn och ro. Tröttheten skär djupt in i ben och märg och lämnar vassa avtryck. Var finns pausknappen till livet? Tanken på att bara vända ryggen till och sova i hundra år känns lockande. "Sen kan prinsen få komma och väcka mig. Då kanske jag är redo att ta mig an uppgiften igen". Samtidigt vet jag att jag aldrig kommer att lämna min post. Aldrig kommer att köra

förbi målet och vidare in i ovissheten. Hur tungt livet
än blir. Bilradion fortsätter med sitt 80-tals tema och
Mr Mister sjunger hoppfullt *Take these broken wings,
and learn to fly again.*

AVLASTNING

En gång i månaden står dörren öppen för dig på 65:an.
Där finns utvilade och glada kvinnor med mjuka
famnar. De är våra syrgasmasker, våra livlinor och en
stadig horisont att hålla ögonen på när båten gungar.
Almanackan markeras tydligt med bläck de dagarna
som vi vet. Att vi får. Sova.

VI PRATAR

Du ligger på ditt vitmålade skötbord som vi fått låna från hjälpmedelscentralen. Långsidan vilar emot vävtapet. Du har blivit så lång att jag inte längre kan stå nedanför dina fötter när jag ska byta blöja utan får göra det från sidan istället. Fördelen är att jag kommer nära ditt ansikte och du lyssnar uppmärksamt på min röst. Armarna, som du inte kan styra med vilja utan som sträcks i spasticitet, kommer plötsligt åt väggen med ett skrapande ljud som följd. "Nä, kan du krafsa på väggen?" utbrister jag glatt. Du lyssnar och är alldeles stilla en stund. Så upprepar du rörelsen, spasticiteten får dina armar att sträckas över väggen med samma skrapljud som följd. "Ja, du kan krafsa på väggen. Oj vad du är duktig!", säger jag. Det blir en helt ny lek och plötsligt blir det tydligt för oss båda att här kan du för första gången utnyttja dina spänningar till att åstadkomma ljud. Du pratar med skrapljudet och jag svarar. Stunden på skötbordet blir lång idag.

VOJTA

En bekant med en cp-skadad dotter berättar att hon tränar med henne. Jag blir nyfiken, du kanske också behöver träning? Metoden kallas Vojta, får jag veta, och jag bjuds in för att se när de tränar tillsammans. Mamman trycker på olika punkter på flickans kropp. Drömmen är att hon ska kunna gå i framtiden, men det som fångar mig är den avslappning träningen ger.

Jag kontaktar sjukgymnasten för att du ska få pröva. Hon är mörk, lång och kraftfull i sitt uttryck. Hennes brytning skvallrar om att hon inte är född i Sverige. Långt senare kommer hon att berätta om Pragvåren.

Jag lyfter upp dig på en brits och hon undersöker dig noggrant. Känner på ben, höfter, nacke. Vinklar dina fötter ut och sen in, drar försiktigt i dina ben. Meddelar sen kort att vi är välkomna tillbaka.

Några år av resor till och från Västerås har just tagit sin början. Varje vecka reser du och jag till Eva med sjuktransport. Hon jobbar med dig på sin brits. Trycker två fingrar på en punkt under revbenet och vrider samtidigt försiktigt din kropp i motsatt riktning. Jobbar så en stund för att därefter göra om rörelserna, men i motsatt riktning. Träningen ger det resultat jag hoppades, du blir mindre spänd. En av kvinnorna som jobbar på habiliteringen blir nyfiken och jag instruerar henne. Nästa gång vi kommer väntar Ammi, sjukgymnasten på habiliteringen, på oss i köket. Hon gör klart för mig att den typen av träning som vi håller på med inte alls går i linje med hennes metoder. Med dig i knäet och dina bröder omkring oss är jag i underläge. Ilskan kommer i bilen på väg hem. Vad då dina, du har ju aldrig tränat med Gustav, tänker jag.

WITZELFISTELN

Det har blivit dags. Operationstiden har varit inplanerad länge. Efter den kommer inskolningen på dagis att påbörjas och ett nytt liv hägrar i fjärran. Vi åker till barnavdelningen. Det är du och jag och vi har hela bilen packad med allt vi kommer att behöva under den här veckan. Med dig i rullstolen och den specialbyggda vagnen, lastad med blöjor, sterila förpackningar, vällingflaskorna i glas, matpumpen, mediciner, ombyte och min necessär, puttar och drar jag oss från parkeringen, upp i hissen och fram till avdelningen. Där blir vi anvisade ett rum. Vi väntar. Efter en stund kommer en sköterska. "Det måste ha blivit något missförstånd", börjar hon. "Ja, läkaren som ska operera Gustav har semester den här veckan." Jag stirrar misstroget på henne i vad som känns som en evighet. "Finns det inte någon annan då?", får jag ur mig till slut. "Nej, tyvärr. Det är bara han som utför de här operationerna." Skymtar några tillplattade kartonger i ett förråd på vägen ut. Känner att det är jag som ligger där.

Semestrar varar inte för evigt, som tur är. Till slut får du din Witzelfistel. Det har blivit oktober och du ska fylla två om fyra månader. Förändringen är överväldigande. Sonden kan plockas bort och i dess ställe sitter nu en hudfärgad slang i silikon på din mage, med direkt förbindelse till magsäcken. Såret läker fint och så småningom får du börja på dagis.

Tio timmar i veckan är du på Junibackens småbarnsavdelning, där du fått en egen fröken. Varje dag förundras jag över hur vacker du är. Din näsa, dina kinder, hela ditt ansikte är befriat och nytt.

EN STRID FÖR AVLASTNING

Åren på dagis går fort och plötsligt ska du börja skolan. Under tiden har jag också återvänt till skolbänken. Efter ett Komvux-år läser jag nu till lärare. I samma veva får vi beskedet av 65:an att en omorganisation är förestående. För oss kommer den att innebära att dörren stängs för dig. I ett slag har vår inrutade och trygga tillvaro kastats omkull och jag famlar för att hålla mig på benen. Utan avlastning kommer vi att gå under.

Med ljus och lykta söker jag efter andra lösningar. Till min hjälp har jag en LSS-handläggare. Men hennes olika förslag på lösningar visar sig alla vara irrbloss och till slut måste jag slå på den riktigt stora djungeltrumman för att komma någon vart. Då äntligen infinner de sig. De mäktigaste djuren: socialcheferna för Arboga, Kungsör och Köpings kommun. Möte hålls och det blir bestämt att ett helt nytt korttidsboende ska öppnas i Kungsör. Inbäddat i ett lugnt bostadsområde ska två lägenheter anpassas för verksamheten Karlavagnen. Där är du den första som man välkomnar.

Jag är glad och stolt över mig själv. Samtidigt vacklar jag, har jag gått för långt i mina önskemål? En känslomässig berg- och dalbana startar, med mig som passagerare. När jag skjutsar dig till korttidsboendet är behovet av sömn och egen tid akut. När jag stänger dörren bakom dig och sätter mig i bilen för att åka hem, rinner tårar av otillräcklighet. Hemma väntar två bröder som längtar efter egen tid med mig och sin pappa. De stojar, skriker och busar. Tar plats och mår gott av att inte behöva ta hänsyn.

Veckan går fort och det blir dags att hämta hem igen. Nu fylls jag av skamkänslor. Vi har haft det så bra utan dig.

TRÄNINGSSKOLAN

Träningsskolan är nyöppnad med rymliga och ljusa lokaler. Du åker taxi dit från kortis varannan vecka och hemmaveckorna skjutsar jag dig. Hallen som möter är havsblå med svepande tyger i taket. Ett stort lekrum, ett pyssel- och snickarrum och ett så kallat Snoezelenrum. Det är ett vitmålat sinnesrum med en madrass lagd på en högtalaranläggning för att man ska kunna känna vibrationerna, en saccosäck och en ljusprojektor. Nyfärgslukten sitter i väggarna och inger förtroende. Ditt barn är värd att satsas på, signalerar den. Härinne har tiden en annan innebörd. Begrepp som bråttom, skynda och fort existerar inte. Vänta in och var lyhörd har tagit dess plats. Efter den principen arbetar lärarna målmedvetet och lägger fokus på kommunikation. Du mår bra. Lyssnar och försöker tolka. Dina signaler iakttas, förstås och förstärks. Du filmas, analyseras och diskuteras. Allt för att möta dig där du befinner dig och samtidigt utmana för att låta dig växa.

HJÄLPMEDELSCENTRALEN

Tekniska, duktiga och kreativa. Vi har fler människor i vår omgivning som jobbar för ditt bästa. Några är ortopedtekniker och ortopedingenjörer. De gjuter formar till specialdesignade stolar, vagnar och ståskal. Det är som tomtarnas verkstad när de jobbar: det mäts och ritas, klipps och sys. Nackstöd, selar och vadderade bälten konstrueras och provas ut. Arbetsterapeuten gör hembesök och fixar och trixar för att förenkla vardagen. Vi har fått låna en bred säng med gallergrindar och höj- och sänkbar huvudända, en duschstol och en duschvagn och hon ser också till att vi så småningom får taklyftar monterade.

VATTENLEK

Solen är varm och sommarlovslediga barn tjoar och
stojar. De dyker och simmar i ån som rinner förbi vårt
hus. Vattnet bildar en båge och i den lugna lilla viken
sitter du. Jag har skjutit ner vagnen så långt att
vattnet kommer åt att plaska över dina brunbrända
fötter varje gång någon av dina bröder eller deras
kompisar kommer i närheten. Du njuter av alla röster.
Skrattar åt de andras plask och lek. Spänner kroppen
och drar in andan när vattnet plötsligt rinner över
fotstödet och kyler dig. Njuter. Från bänken på
farstubron hörs Lisas glada röst: "Är det kallt, Gustav?"
Du svarar med ett lyckligt "Oah!"

Ett av grannbarnen har blivit en haj och kommer
simmande, så tyst han kan. Hittar sandbotten med
händerna och kravlar den sista biten. Nu är han tätt
inpå. Du lyssnar på helspänn och så kommer det. En
munfull vatten som han sprutar över dina fötter. Du
kiknar av skratt. Jag lägger armarna beskyddande
över ditt bröst samtidigt som jag lekfullt förmanar
den busiga hajen. "Aja baja, inte blöta ner min unge!"
Du är med på noterna och skrattar som bara du kan.
Hajen har fått sin belöning och simmar nöjd utåt igen.

HÖSTPROMENAD

Senhöstens gråväder kryper inpå och lägger sig som en blöt filt runt hjärtat. Den kväver all energi. Vi är ensamma hemma. Bröderna tränar hockey och maken är med. Innan dörren slog igen bakom dem lyste besvikelsen om dig lång väg. Din kropp ropade högljutt: "Nej, låt mig följa med. Det är så tråkigt hemma med bara mamma!" Vad ska vi hitta på? " frågar jag. "Ska vi trotsa de regntunga skyarna och gå ut? Vill du gå en promenad? " frågar jag vidare. Snabbt svarar du "Oaah! " och visar med hela kroppen att du vill. Efter att ha bytt blöja, klätt dig och fått över dig i vagnen är vi klara att gå ut. Gläntar på dörren och konstaterar att det har börjat regna. Trär regncapen över dig och sticker mina fötter i gummistövlar.

Stegen är tunga trots den milda luften och doften av höst. Regnet tilltar och jag tvekar, ska vi vända hem igen? Men det finns inget som väntar oss hemma. Traskar vidare. I höjd med backen som leder vägen vidare mellan åkrarna hörs plötsligt snabba steg. En man kommer joggande. Han är blöt men löper med kraft i steget. Lagom som vi passerar varandra skjuter han av ett blixtrande leende och ropar glatt "Vilket underbart väder vi har!" Jag hinner inte svara, han är redan förbi. Ofrivilligt känner jag hur mina mungipor dras upp i ett leende.

Vid bron sitter dammluckor som reglerar åns flöde. Just nu är de helt öppna och vattnet väsnas. Vi stannar till och lyssnar hur det sjunger med hög röst. Lite längre bort ser jag en ensam lupin som lyser rosa bland sina överblommade kamrater. Jag bryter stjälken och håller den mot din kind. "Känn Gustav, sommarens sista blomma", säger jag. Eftersom dina synnerver inte skickar rätt signaler till ögonen blir de andra sinnena så mycket starkare. Öron som lyssnar, hud som känner och en näsa som tar in alla dofter. Tillsammans med dig är det spännande att utforska världen och jag försöker att klä det vi har omkring oss i ord. Vi stannar ofta till, småpratar och går sen vidare. När vi är hemma igen har molnen som låg runt mitt hjärta lättat.

VI MÅSTE FÅ HJÄLP

Spänd. Du har blivit mer och mer spänd under det senaste året. Sitthjälpmedel blir nästan omöjliga att använda, såvida jag inte spelar hög musik, drar igång dammsugaren eller med andra höga ljud lyckas avleda. Jag ruskar vagnen när vi är ute på promenad eller skjuter rullstolen fram och tillbaka över trösklar och blåser dig i ansiktet. En kort stund kan du byta fokus för att strax därpå fastna. Nacken stretar bakåt, bakåt. Rätt som det är har du lyckats få in huvudet snett bakom nackstödet och där är du helt låst. Skrämd spänner du dig om möjligt ännu mer. Jag förbannar din dumma hjärna som skickar fel signaler hela tiden. Spänner med van hand loss midjebältet, lyfter upp dig - du är som en pinne i mina armar - lägger dig på mage tvärs över mina ben och så skakar jag. Lägger händerna på din rygg, hyssjar lugnande och känner hur det släpper. Hela din långa kropp slappnar av och gråten stillnar.

"Kan vi inte operera hans nacke?" både undrar och ber jag din läkare. Förskräckt tittar han på mig och förklarar att nackar är komplicerade saker. Den opererar man inte bara sådär. Men kanske kan botox-sprutor vara en hjälp, funderar han vidare. En remiss skickas och vi får komma till Folke Bernadottehemmet i Uppsala. Spasticitetsrond. Många vita rockar och allvarliga ansikten undersöker dig noggrant. De vänder och vrider på dig och utbyter medicinska termer med varandra. Jag hoppas. Vi stannar en vecka men får sen åka hem med beskedet att du är för spänd för att det ska fungera. För spänd.

NY KROPP

Ett hopp har tänts. Baclofen. En medicin som du, varje gång det satts in, svarat bra på. En läkare har dragit slutsatsen att det kan vara värt att pröva, men på ett annat sätt än tidigare. Vi blir inlagda på Akademiska sjukhuset. Det är vår och förväntan i luften. Ett år har gått sedan vi sist besökte Uppsala. Första natten utan medicin blir en prövning och jag tömmer mitt energiförråd redan detta första dygn. Utan medicin förvandlas du till en hårt spänd fiolsträng och lungorna ger kraft att skrika tills solen går upp igen. Ringer maken som får komma och byta av. När jag återvänder efter några dygn har du hunnit få en extern baclofenpump. En slang sitter inopererad i din rygg och den leder baclofenet in i ryggmärgen för vidare färd till hjärnan. På försiktiga fötter tar jag mig in i salen där maken lugnt sitter bredvid din sjukhussäng. Du ligger helt stilla på rygg och dina ben vilar bredvid varandra. Det har de inte gjort på flera år. Det har lyckats. Baclofenet kan ta bort din spasticitet. Jag jublar och slår frivolter inombords. Måste bara undanröja det sista tvivlet. "Hej Gustav!" Du svarar mig, men utan att ta hjälp av kroppen. Tacksamhet är ett för litet ord i sammanhanget.

När vi kommer hem efter några veckor har du fått med dig en "puck" under höger revbensbåge och tack vare den, en helt ny kropp. Du är nio år och har fått en kropp som slappnar av. Och med din nya kropp kan du sitta lugnt i dina hjälpmedel och med den kan du sova. Hela nätter. Kan du sova.

KLOKA MEDMÄNNISKOR

Em heter din nya assistent. Hon har unika gåvor. I bussen till och från din nya skola i Örebro sitter hon vid din sida. Bråkar med chauffören som envisas med att spela radion på fel volym. "Antingen spelar du högre så att Gustav kan höra eller så stänger du av. Som det är nu ser jag att han måste anstränga sig för att urskilja ljuden. Det blir jobbigt för honom", kan hon säga. Sån är hon. Under årens lopp har vi ibland stött på flera som Em. Som den där sommarvikarien på kortis. Lång och ranglig tonårskropp som försiktigt ber mig följa med in i ditt rum. Han vill fråga en sak. Därinne pekar han på din kudde. "Är den inte för hög? Tycker det ser jobbigt ut när Gustav ska sova". Någon har av misstag bytt ut din platta kudde och ersatt den med en annan. För hög. Jag måste hejda mig för att inte krama killen. En läkare överraskar vid ett annat tillfälle. Vi är i Uppsala för att fylla på baclofen-pumpen och en, för oss ny, läkare kliver in i rummet. En snabb titt på honom och jag har redan bilden klar. Beläst, använder gärna latinska begrepp och besitter goda kunskaper i sitt ämne men är usel i kontakten med patienten. Tänker jag. Han ser knappt åt mitt håll utan styr stegen rakt mot dig. "Hej Gustav", säger han. Ställer sig sen på huk och lägger sina händer på dina. "Jag är doktor Heinemann. Vilket fint armband du har här", fortsätter han och fingrar på silverlänken som bär ditt namn. Du lyssnar uppmärksamt och svarar utan ord på hans frågor. Jag ler lyckligt där jag sitter i min stol.

Din dagbok

Du har vuxit ur träningsskolan i Arboga och efter knappt ett år av förberedelsearbete börjar inskolningen på Ekeskolan i Örebro. Den vänder sig till barn och ungdomar med synnedsättning och tilläggshandikapp vilket passar oss. Det är du och två killar till i din klass. Ni är alla ungefär lika gamla och har egna assistenter som jobbar ihop med lärarna. Schemat är fullspäckat och samtidigt anpassat efter era individuella behov. Varje dag skriver antingen jag, personal på kortis eller Em i din dagbok. Boken är och har varit en ständig följeslagare under många år. Tack vare den kan vi tillsammans återkoppla.

13/10 onsdag
Lite gäspig kille som kom i morse. Men väldigt glad! Började med lite kaffe tillsammans med Tage, Anna och Maja. Gymnastik med Patrik idag. Gustav jobbade på den stora bollen! Lena filmade. Gjorde lite gymnastik bara Gustav och jag innan vi gick. Fick lax och potatismos till lunch. Gustav tyckte det var väldigt gott! Efter lunch var Gustav med Lena. När jag kom tillbaka tog vi en långpromenad och traskade lite i löven. Avslutade dagen med musikkafeet i skolan = Toppen!
/ Em :-)

Din cykel

Vi har fått låna en speciell cykel från hjälpmedels-
centralen. Den är väldigt populär och vi har lyckats
boka den för två hela veckor. Solen skiner idag och vi
ska ta vår första tur. Sist vi cyklade var du inte mer än
ett par år gammal. Maken hade svetsat och fått ihop
två cykelsadlar på en gammal cykelkärra. Du och din
bror utgjorde ett ganska tungt och bökigt ekipage
som jag egentligen aldrig orkade hantera.
Men nu står den här, din cykel. Det är en slags rullstol,
fast med sadel och cykelhjul baktill. Allt på tre hjul.
Vill man parkera så lossas bara rullstolsdelen och sen
kan man enkelt promenera in på Ica för att köpa en
liter mjölk eller så.

Iklädd din vårjacka och de nya blå ortopedskorna på
fötterna är du redo för äventyret. Vinden smeker våra
kinder och cykeln är lätt att trampa. Efter en liten
stund stannar jag till för att kolla att allt är bra. Ser att
vinddraget fått dina ögon att tåras, så jag slår av lite
på takten när vi fortsätter. Ljudet av fågelkvitter och
knastrande grus följer oss den första biten. När vi
kommer över bron hör vi vattnet. Dammluckorna är
stängda och därför porlar det bara helt stilla. Så tar
asfalt vid och vägen går intill skogens kant. Långt där
inne sitter en duva och kuttrar. Här är skugga och du
ryser till när solen försvinner. Det doftar mossa och
svalka. Kommer snart fram till några hus och därefter
breder gärden ut sig på båda sidor. I T-korset tar vi
vänster och så är vi i stan. Här möter vi andra ljud.

Det är bilar och människor. Från ett öppet fönster hörs en radio som står och spelar. I höjd med en av stans pizzerior möter vi en bekant i bil. Hon ropar ett glatt "Hej Gustav! " genom sin nedvevade ruta och är strax förbi. Under hela cykelturen är du tyst. Intrycken är många. Dofter och ljud i en enda kakofoni. Du är trött men, vad jag vill tro, lika lycklig som jag när vi återvänder hem.

BARA VARA

Du är min kloka vägvisare i livet. Med dig är allt total närvaro. Inga tankar på sen och i morgon. Allt är nu. En rullstolsdans i köket till tonerna av Lena Philipssons *"Det gör ont"* blir viktigare än att stryka färdigt tvätten. Eller en promenad under kastanjerna efter den första frosten, istället för att oroa sig för kommande tentamen. Några stilla knäppande ljud och så släpper trädet långsamt sin höströda skrud. Ett frostnupet löv singlar ner i ditt knä, till vår stora glädje.

DRÖMMAR

En dröm. Till havs i en liten farkost. Solen värmer mina axlar när jag skjuter ut båten från land. Med stadiga rörelser ror jag utan något bestämt mål i sikte. Jag andas i takt med årtagen och njuter av allt det blå. Ovanför, omkring och under mig är bara blått. Mot horisonten är det svårt att avgöra var himmel och hav möts, allt flyter ihop och bildar en enhet. Kanske har jag slumrat till en stund. Plötsligt förändras scenen. Mörka moln tornar hastigt upp i öster. Solen försvinner in bakom ett av dem och en kall vind drar över min rygg. Ett oväder är över mig och jag måste tillbaka till land. Jag famlar efter årorna, men de finns inte längre kvar.

En annan dröm. Jag färdas i bil. Sommar och blommor i dikesrenen. Kommer över ett backkrön och hamnar rätt i ett kaos. Bilar ligger krockade och utspridda över vägen. Människor raglar blodiga och förvirrade omkring. Panik. Jag måste hitta ett sätt att hejda trafiken som kommer från mitt håll. För varje ny bil som kör över krönet krockar obönhörligt in i de redan krockade bilarna. Det är bara jag som lyckats undkomma. Kaos. Blod. Förvirring. Känner ansvaret vila tungt på mina axlar. Men jag kan inte röra mig ur fläcken. Kan inte se hur jag ska göra. Fler bilar kommer, mer död och katastrof. Paralyserad kan jag bara se på.

En försämring

Någonting är förändrat. Under några månader nu har jag frustrerad sett hur ditt mående försämrats. Efter några år med baclofen och god nattsömn har nätterna återigen blivit oroliga, du vaknar och är spänd. Gång på gång drabbas du av muskelkramper som inte släpper förrän de haft dig i sitt våld under ett dygn. Kvällar och nätter är värst. Du skakar så du hoppar i din säng och kan naturligtvis inte sova. Jag försöker hålla ihop dig, men du har blivit så lång och så stor. 13 år. Stesoliden, som löser upp epilepsikramper så bra, fungerar inte alls. Den förlänger bara återhämtningen med ytterligare ett dygn. Blodprover tas. Din hjärnaktivitet mäts med EEG. Vi träffar din läkare när du krampar. Han är frågande. Vi åker i skytteltrafik till Uppsala för att höja, sänka och återigen höja baclofendosen. Inget resultat. Ingen kan förklara vad som händer. Mellan varven är du nästan som vanligt, men det finns en oro som lurar i fjärran.

Den sista kvällen

Jag har precis avslutat samtalet med kortis. I
bakgrunden hörde jag dig gråta. Rösten rapporterade.
Du har firat din födelsedag i efterskott. Men först var
ni ute och byggde snögubbar. Sen har ni blåst upp
ballonger och ätit glass. Muskelkramper under dagen
som nu ökat i styrka. Men säkert kommer du att
somna, det har varit en händelserik dag.

Bedövad sitter jag med luren i min hand. Maktlöshet.
När ska det vända? Finns det någon högre makt som
lyssnar ikväll? Jag har så många frågor. Vad står ditt
mående för? Vad kan jag göra för att få dig att må
bättre? Vad ska jag ta mig till? Inga gudar tycks vara
vakna. Det kommer vare sig ledtrådar eller svar på
mina frågor. Osynliga vargar ylar i natten när jag
torkar mina tårar och på tysta fötter tassar i säng.

DU LÄMNAR OSS

"Det är så konstigt. Gustav är så kall!" Rösten i luren
är uppjagad. "Fort, ring ambulans", hinner jag säga
innan vi kastar oss i bilen. Den tidiga morgonen är kall
och snön blänker i strålkastarljuset. Hur fort kommer
vi dit? Tiden håller andan. Två ambulanser utanför
entrén. I mörkret urskiljer jag personal i det upplysta
köket. Omfamnar de varandra? I ett steg är vi
innanför dörren och i ditt rum. Du är där du ska, i din
säng. Febril aktivitet omkring dig. Du är helt stilla.
Sträcker fram min hand och snuddar vid ditt ben. Du
är varm. Allt kommer att ordna sig. Sen kommer vi att
skrattande förmana dig som skrämde oss så. Sen. En
man talar till mig, men jag hör inte vad han säger för
bruset inuti mitt huvud överröstar honom. Sen.
Kommer vi att skratta tillsammans.

AVSKED

Blodet kommer plötsligt, som när man öppnar en kran. Två röda utropstecken i ett förvånat ansikte. "Oj, jag måste på toa", utbrister Oskar. Vi står utanför rummet där du ligger under ett vackert lapptäcke. Ett ljus brinner i ett hörn. Vi står här och tar liksom sats. Innan, hemma, har vi försökt att förbereda. "Färgen på huden förändras en aning. Gustav är lite blå. Men annars ser det ut som han sover, fast hans ögon är öppna."

Farmor är med oss. Jag har tagit med den bruna nallen, en av två likadana. Den andra sitter kvar hemma på din säng. Oskar kommer tillbaka med en stor tuss toalettpapper under näsan, grovt och ofärgat. Så stiger vi in genom den öppna dörren. I samma läge, som du låg när jag och Lasse fick se dig några timmar tidigare, ligger du kvar. Tiden har avstannat, liksom upphört att existera här innanför rummets väggar. Allt är stilla.

Omkring dig samlar vi oss för att ta avsked. Men den som vi samlas omkring och ligger här är inte längre du. Det är fortfarande din långa spensliga kropp, ditt cendréfärgade hår, din tonårspanna, dina blå ögon, dina vackra kinder och läppar – men du finns inte kvar. Det är bara ett tomt skal som ligger här framför oss. Helt utan liv.

VAR?

Bakom vilken stjärna kan jag hitta dig, sen?

SORG

Varje morgon är likadan. Någonstans i gränslandet, innan sömnen släppt taget, är allt som vanligt. I takt med att jag vaknar drabbas jag av insikten att allt inte är en ond dröm. Du är borta. Idag också.

Men ändå, dröjer du dig kvar hos oss? Jag tyckte en morgon att jag hörde dig i ditt sovrum. Jag gick in dit, men du var inte där. Stannade ändå och stod alldeles stilla. Tänkte att om jag anstränger mig lite så kanske det går. Kanske kan jag känna dig. Men det var tyst. Och tomt.

KATTER

Våra katter. I tre dagar har de valt bort sina vanliga sovplatser: en på övervåningen i sin gamla fåtölj och den andra i soffhörnet här nere i vardagsrummet. I stället tronar nu den ena på din säng och den andra har lagt sig väl tillrätta i din fladdermusfåtölj. Jag tror att de sörjer dig och en liten del av mig vill tro att din själ dröjer sig kvar hos oss, och att det är det de känner. Vakar de över din själ? Så väljer jag att tänka, för tanken ger mig tröst.

ILSKA

Din fyra minuter yngre lillebror, Jonatan, önskar sig en tidsmaskin. Den skulle han använda för att resa tillbaka i tiden och hämta tillbaka dig. Han berättar det på väg till hockeyträningen. Jag instämmer, "en sån önskar jag mig också." På väg till nästa träningspass utbrister han:" Åh, snart är hockeyn slut!" "Skönt att vara ledig?" undrar jag. Men han har annat i tankarna. "Vi måste hinna spela några matcher till. Jag ska tackla någon då. Riktigt riktigt hårt".

TAPPA BALANSEN

När jag famlar och faller så finns min man där och ger mig stöd. När han tappar balansen och ramlar så bär jag honom en liten bit. Med våra omskakade och olyckliga kroppar går vi försiktigt framåt. Ett litet steg i taget. Men vi faller lätt och vägen är så svår.

FÖRE BEGRAVNINGEN

Det är dagen innan din begravning och Oskar, nu femton år, sitter i mitt knä. Mina ben har somnat för länge sedan och jag håller om honom försiktigt för att han inte ska gå sin väg. Tårarna rinner äntligen utmed hans kind. Rollen som stor, duktig och stark krackelerar en aning och jag kan inte låta bli att önska att han ska stanna i min famn och gråta länge. "Varför måste vi ha begravning?" undrar han. "För att alla som inte har fått chans att säga hej då ska kunna göra det. Vi har ju redan sagt adjö, det här är för alla andra som kände Gustav." svarar jag. Under tystnad bläddrar vi sedan igenom ditt fotoalbum och din bror sitter kvar i mitt knä till sista sidan.

DU OCH DIN BROR

Minns du? Det var när du och Jonatan gick på dagis. Skolfotografen var på besök och alla barn på Jonatans avdelning skulle få sitt foto taget. Jag tror att ni var fem år. Så blev det Jonatans tur. "Men var är min bror?" frågar han självklart. Du, som är på en annan avdelning, hämtas direkt. Mannen med kameran lyckades fånga er så väl den dagen. Du i vit polotröja, med fjärrskådande blick. Ditt kroppsspråk röjer all den kärlek du känner för din bror. Jonatan i mörk tröja. Trygg och tätt bakom dig sitter han och blickar, också han, på en punkt i fjärran. Var det framtiden ni såg, den där dagen?

ONÖDIGA TING

Jag kastar min almanacka. Behöver den inte mer. Inga
fler tider för ortoped eller logoped. Inga läkartider
eller sjukgymnastik. Ingen arbetsterapeut,
specialpedagog eller tandläkare. Inga fler tider på
Akademiska, Folke Bernadotte, habiliteringen eller
Köpings lasarett. Inga mer kontakter med
försäkringskassa, skola eller kortis. Min almanacka.
Stirrar tomt på mig.

HÄNDERS SAKNAD

Händer som övergivna sommarkatter. Sökande, sörjande. Sommargästen har rest sin väg och kvar finns bara saknad. Längtande lyfter de blicken, vandrar utmed grusgången ner till grinden och följer vägen som ligger sommartorr och dammig. Tomhet, tystnad. Oroligt rör de sig av och an. Kan inte förstå, att du är borta. Du som gav mening åt händernas existens. En fysisk längtan far genom kroppen. Som en flodvåg startar den någonstans mellan hjärta och hjärna och fortplantar sig genom varje cell för att slutligen nå sitt mål. Fingertopparnas kontakt med varje liten del av dig existerar numera bara som ett kroppsminne. Vilsegångna undrar de vart vägen från örsnibb, utmed kind fram till mun tagit vägen. Den tonårsknottriga pannans stig finns inte heller kvar. Brunbränd handrygg, krökt pektå, det av baclofenpumpen lite utspända hudlandskapet strax under höger revbensbåge. Borta. Oroligt rör sig fingrarna av och an. Vrider sig olyckligt, finner varandra, tvinnar sig, längtar. Men aldrig mer. Ska de känna dig.

Ett blommande hjärta

Snö och isande vind. Vi har lämnat kyrkan bakom oss och står nu på den plats där din sten ska stå. Tätt ihop för att hålla värmen. Mannen från begravningsbyrån har redan varit här. Alla blommor från kyrkan, från alla som kände och älskade dig, har han samlat ihop och lagt som ett hjärta. En tyst kärleksförklaring, som går rätt in i mitt hjärta.

DIN GRAV

Solen har återvänt. Jag går en runda i vår trädgård.
Den grönskar och det växer fint i alla rabatter. Jag
plockar ihop några pioner, ett knippe prästkragar och
så gula rosor. Cykelkorgen rymmer min sommarbukett
och i sandaler och shorts trampar jag iväg. Efter
vägkanten lockar rallarrosor och lupiner i cerise och
blått. Stannar till och lägger några av dem i min korg.
Solen värmer från väster och en svag vind ligger över
min rygg och ger extra skjuts. Innanför den stora
grinden i järn lämnar jag min cykel och går över
grusgången till din sten. Här under det stora trädet
med sin knotiga stam vilar det som var du. Graven
kantad med stenar från havet utanför Skånes kust.
Mormor plockade de slätaste hon kunde hitta och tog
dem med sig hit. En fågel har lämnat sitt avtryck på
din sten, en vit rand avslöjar honom. Jag hämtar
vatten, diskborste och en grön plastvas och börjar
med att utplåna spåren av inkräktaren. Trycker ner
vasen i jorden där blommorna nätt och jämnt får
plats. Så blir jag stående en stund. Kyrkogården är
lummig och trädet skänker skugga. Platsen är rofylld.
En sol finns ingraverad på din sten för mörka nätter.
Högt upp i trädets krona samsas en skara småfåglar.
Tillsammans drillar de en vacker melodi. Kan du se
mig Gustav? Känner du att jag finns kvar här och
tänker på dig?

EPILOG

Jag har återvänt till bänken på tågstationen. Mannen sitter fortfarande kvar. Han är ensam. Inga andra resenärer befolkar lokalen. Många år har passerat sedan jag sist var här. Men han är sig lik. Lite äldre, med halvlångt hår och en aning ovårdat utseende. Och samma värme och närvaro. Jag har kommit för att ställa honom till svars. Många är mina frågor och stor är min sorg. "Du frågade mig om barn då. Varför gav du, för att sedan ta tillbaka?" undrar jag förebrående. Stilla möter han min blick. Hans ögon är djupa brunnar. Jag faller. Djupare och djupare. Vattnet omfamnar mig. Det talar till mig. Låter mig ta del av sanningen. Sanningen om livet och om döden. Öppnar mina ögon och låter mig se. Se kärleken i allt.

Jag är uppe vid ytan igen. Vi nickar mot varandra i samförstånd och jag trycker en kyss på hans kind. Tack, viskar jag och vänder mig sen om.

TACK

Tack Lasse för att du uppmuntrade mig att fortsätta
när jag fått ner mina första stapplande rader. Tack
William Grönlund för att du läste mitt första utkast
och gav så generös återkoppling. Tack Johanna
Kindbom Land för alla dina vackra stjärnor. Tack Maria
Bleckur och Kajsa Gustavsson för er hjälp med
formatering och finjustering. Och till sist ett varmt
tack till alla nära och kära som finns, och alltid funnits,
vid min sida – ni vet själva vilka ni är.